KB198938

영원과 사랑의 문장들

일러두기

1. 이 책에 실린 문장들은 Peter Alexander ed., William Shakespear; The Complete Works, London and Glasgow, Collins Clear‑Type Press, 1964에서 발췌했다.

2. 권말 부록에 원문을 싣고 행 구분을 표시했다.

3. 외래어 표기는 국립국어원 외래어표기법에 준했으나, 표제에 쓰인 인명과 지명 일부는 관용에 따랐다.

WILLIAM SHAKES PEARE

셰익스피어 필사 노트　　영원과 사랑의 문장들

문학동네

차례

1.

사랑이 깃들 곳이 없어

그를 사랑의 장소로 만들었어요.

「연인의 탄식」

Date .   .

2.

당신이 내게는 온 세상이에요.

그런데 어찌 내가 혼자일 수 있겠어요,

그 온 세상이 나를 보고 있는데.

『한여름밤의 꿈』 2막 1장

Date .   .

3.

장미를 다른 이름으로 불러도

그 향기는 사라지지 않아요.

로미오라는 이름을 다르게 부른다 해도

그가 지닌 고결함은 그대로 남아 있어요.

로미오, 당신과 상관없는

그 이름을 버리고

대신 저의 모든 것을 가지세요.

『로미오와 줄리엣』 2막 2장

4.

뜨거운 피는 뜨거운 생각을 낳고,

뜨거운 생각은 뜨거운 행동을 낳지.

이 뜨거운 행동이 바로 사랑이야.

『트로일로스와 크레시다』 3막 1장

Date . .

5.

고요히 속삭이며 잔잔히 흐르는 물길은

막으면 참지 못하고 사나워져.

그러나 그 순한 흐름은 방해받지 않으면

매끄러운 조약돌에 아름다운 소리를 내며 흐르고,

갈대풀마다 부드러운 입맞춤을 하며

순례의 길을 재촉하지.

그래서 수많은 굽이를 돌며 노닐다

결국 넓은 바다에 이르는 거야.

『베로나의 두 신사』 2막 7장

Date . .

6.

사랑에 빠진 사람과 미친 사람과 시인은
모두 상상력으로 가득차 있는 이들이지.

『한여름밤의 꿈』 5막 1장

Date .   .

7.

사랑은 비 온 뒤의 햇빛처럼 편안하지만,

욕정의 결과는 청명한 뒤의 폭풍우와 같아요.

사랑의 고운 봄은 언제나 새롭지만,

욕정의 겨울은 여름이 반도 지나기 전에 다가오죠.

사랑은 포만이 없지만 욕정은 과식해 죽고,

사랑은 진실되지만 욕정은 허위로 가득해요.

「비너스와 아도니스」

8.

그대의 고귀함이 은혜롭게 드러나기에

그대 곁에 있으면 승리의 기쁨을,

그대 곁이 아니면 희망의 기회를 맛보게 되네.

「소네트 52」

Date .   .

9.

삶이 풍요로울 때는

사랑의 유대가 튼튼하지만

역경에 처하면

싱그러운 사랑의 얼굴이나

착한 마음씨는 변하고 말아요.

『겨울 이야기』 4막 4장

Date . .

10.

운명의 여신과 인간의 눈에 굴욕적으로 비쳐

나 홀로 버림받은 처지에 눈물 흘려요.

헛된 울부짖음으로 귀먹은 하늘을 어지럽히고

나 자신을 돌아보며 나의 운명을 저주하죠.

더 많은 희망이 있는 사람처럼,

잘생긴 사람처럼, 친구 많은 사람처럼 되기를 원해요.

이 사람의 솜씨를, 저 사람의 역량을 바라고,

가장 많이 누리는 것에도 만족을 느끼지 못하죠.

그러나 이런 생각을 경멸하다가도

문득 그대를 떠올리면 내 마음은

동틀녘 적막한 대지로부터 날아오르는 종달새처럼

천국의 문 앞에서 찬가를 불러요.

그대의 달콤한 사랑을 생각하면 더없이 풍요로워져

내 처지를 그 어느 왕과도 바꾸는 일은 결코 없을 거예요.

「소네트 29」

11.

사랑은 안다. 사랑의 과오를 견디는 일이

증오가 남긴 상처보다 더 큰 슬픔이라는 것을.

「소네트 40」

12.

감추려고 하는 사랑은

살인으로 저지른 죄보다 더 빨리 드러나요.

사랑의 밤은 한낮과 같죠.

『십이야』 3막 1장

13.

그가 얼굴을 찌푸렸을 때 마음을 접었더라면

그녀는 그의 입술에서 달콤한 꿀을

빨아들이지 못했을 것이다.

거친 말도 찡그린 얼굴도 사랑하는 이를

물리치지 못하는 법.

가시가 있어도 장미가 꺾이는 것처럼

아름다운 사람을 스무 개의 자물쇠로 꽁꽁 숨겨도

사랑은 뚫고 들어가 마침내 모든 것을 쟁취한다.

「비너스와 아도니스」

14.

돌담도 사랑을 막을 순 없어요.

사랑은 하고자 하는 건 무엇이라도 해내죠.

『로미오와 줄리엣』 2막 2장

15.

사랑이 가는 길에 생기는 모든 장애물은
더 큰 사랑을 불러일으키는 법.

『끝이 좋으면 다 좋아』 5막 3장

16.

가장 아름다운 꽃봉오리에

그것을 좀먹는 벌레가 달라붙듯,

가장 현명한 지혜 속에도

그것을 좀먹는 사랑이 깃들어.

『베로나의 두 신사』 1막 1장

Date . .

17.

잔인한 시간의 손길에 훼손되어

그 옛날의 호화로움이 낡아 묻힌 것을 볼 때,

한때 우뚝 솟았던 탑이 무너져내리고

견고한 황동 장식이 분노의 노예가 된 것을 볼 때,

굶주린 바다가 해안가 왕국으로

밀려들어와 땅을 차지하고

바닷물이 빠지면 단단한 땅이 바다를 점령하듯

얻으면 잃고, 잃으면 얻는 것을 볼 때,

이처럼 상황이 뒤바뀌거나

아니면 상황 자체가 사라져가는 것을 볼 때,

그 몰락을 보며 나는 깨달아요,

결국 시간이 다가와 내 사랑을 앗아갈 거라고.

이런 깨달음은 죽음과도 같죠.

당신을 잃을까봐 두려워 눈물만 흘릴 뿐이에요.

「소네트 64」

18.

그대를 사랑하기에 나는 시간과 싸운다.

시간이 그대를 앗아가면,

나는 그대를 새롭게 시詩로 새긴다.

「소네트 15」

19.

당신의 가슴속에 살고,

당신의 무릎 위에서 죽고,

당신의 눈에 묻히겠습니다.

『헛소동』5막 2장

20.

격정적인 기쁨은 격렬한 결말을 낳기에

불과 화약이 타올랐다 사그라지는 것처럼

최고조에 달하면 그 기쁨은 사라진다네.

달콤한 꿀도 그 단맛 때문에 싫어지고

입맛도 없어지는 법.

그러므로 사랑도 온건히 해야 하네.

오래가는 사랑은 그런 것이야.

너무 빠르면 느린 것과 마찬가지여서

오히려 더딘 법이지.

『로미오와 줄리엣』 2막 6장

Date   .   .

21.

선한 것은 악에 의해 더 선해지고

무너진 사랑도 다시 쌓아올리면

처음보다 더 아름다고 강하며 위대해진다.

「소네트 119」

22.

내가 그대를 보기 전까지 모든 낮은 밤이요,

꿈이 그대를 내게 보여줄 때 밤은 밝은 낮이다.

「소네트 43」

23.

키스는 내 것이며 동시에 그대의 것이다.

땅에서 무엇을 찾는가. 고개를 들어라.

내 눈동자를 보라. 그대의 아름다움이 깃들어 있으니.

눈과 눈이 맞았는데

어찌 입술과 입술이 맞닿지 않을 수 있을까.

「비너스와 아도니스」

Date . .

24.

밝고 아름다운 것은 언제나 쉽게 망가지네.

『한여름밤의 꿈』 1막 1장

25.

사랑은 방황하는 배들을 인도하는 별이에요.

높이는 가늠할 수 있어도 그 가치는 헤아릴 수 없죠.

장밋빛 입술과 뺨이 시간의 낫 앞에서 굴복해도

사랑은 시간에 농락당하지 않아요.

몇 시간이 흐르고 몇 주가 지나도 변하지 않고

이 세상 최후의 날까지 계속되는 것이죠.

이런 생각이 틀렸다면, 내가 잘못된 거라면,

나는 지금껏 글을 쓴 적도,

누군가를 사랑한 적도 없는 거예요.

「소네트 116」

26.

그대 마음을 조심스럽게 간직할게요,
상냥한 유모가 아기를 아프지 않게 돌보듯.
내가 죽더라도 그대 마음 찾아가려 하지 마세요,
내게 줄 때 다시 가져가지 않으려 했으니.

「소네트 22」

27.

나 자신만을 위해서라면

이보다 더 좋아지려는 소망은 품지 않겠어요.

내가 나아지고 싶은 건, 당신을 위해서예요.

스무 배의 세 배는 더 훌륭해지고 싶어요.

천 배는 더 아름답고, 만 배는 더 부유해지고 싶어요.

『베니스의 상인』 3막 2장

Date .   .

28.

사이렌이여, 그대 자신을 위해 노래하세요.

나는 그 노래에 푹 빠질게요.

은빛 물결 위에 그대의 금빛 머리칼을 펼치세요.

나는 그것을 침대 삼아 누울게요.

그처럼 눈부신 환상에 잠겨 죽는다면 여한이 없죠.

사랑은 가볍다고 하는데,

만약 가라앉는다면 그대로 잠기게 놔두세요!

『실수 연발』 3막 2장

29.

우리의 이별은 같이 머물기도, 같이 떠나기도 하는 것입니다.

그대는 여기 머물지만 마음은 나와 함께 가고,

나는 떠나지만 마음은 여기에 그대와 남아 있기 때문이죠.

『안토니우스와 클레오파트라』 1막 3장

30.

아, 그녀의 눈과 눈물이 서로 돕고 또 도움을 받는구나!

눈물 속에 보이는 눈, 눈 속에 보이는 눈물.

모두 수정거울이라 서로 슬픔을 비춰보네.

「비너스와 아도니스」

Date . .

31.

사랑에 빠지면 바지 밑단이 풀려 있고,

모자 끈도 헐렁하고,

소매도 열려 있고, 신발 끈도 묶여 있지 않아

모든 것에 무신경하고 고립된 사람처럼 보여야 하는데

당신은 그렇지 않아요.

오히려 옷차림이 완벽해서 남을 사랑하기보다

자기 자신을 사랑하는 것처럼 보여요.

『좋으실 대로』 3막 2장

32.

자기 몸에 상처를 내보지 않은 사람은
남의 몸에 난 흉터를 조롱하지.

『로미오와 줄리엣』 2막 2장

33.

아무리 강한 맹세도
정열의 불길에는 짚검불처럼 허무하다네.

『템페스트』 4막 1장

34.

사랑은 불안을 품을 이유가 없는데도 의심하게 하고
오히려 가장 믿지 못할 것을 의심하지 않게 한다.
사랑은 인정이 많으면서 동시에 아주 냉혹하고
가장 올곧으면서 또 위선적이다.
사랑은 가장 온순해 보이면서도 괴팍하며
용기 있는 자에게는 불안을,
겁쟁이에게는 용기를 안겨준다.

「비너스와 아도니스」

35.

본질에서 벗어나

다른 생각과 섞이게 되면

더이상 사랑이 아닙니다.

『리어왕』 1막 1장

36.

진실한 사랑은 말이 필요 없지.

진실은 말보다 행동으로 빛내는 것이 더 좋으니까.

『베로나의 두 신사』 2막 2장

37.

사랑의 눈은 세상 사람들의 눈만큼 정확하지 않다.

어떻게 그럴 수 있겠는가?

아, 어떻게 사랑의 눈이 올바를 수 있나,

지새움과 눈물로 흐려져 있는데.

「소네트 148」

Date . .

38.

내가 사랑하는 사람이

자신이 진실하다고 맹세한다면,

나는 그 말이 거짓인 줄 알면서도 믿을 겁니다.

그녀가 나를 이 세상의 속임수를 모르는

어수룩한 청년이라 생각하길 바라면서.

「소네트 138」

39.

사랑은 어린아이 같아서

손에 넣을 수 있는 것은 다 독차지하고 싶어하네.

『베로나의 두 신사』 3막 1장

40.

사랑에도 때가 있는 법.

그간의 경험으로 미루어 보면

사랑의 불꽃은 때에 따라 좌우되는 것이라네.

사랑의 불꽃 속에는 심지 같은 것이 있어

이것이 불길을 약하게 만들지.

세상일이 한결같이 좋을 수 없듯

좋은 일도 지나치게 커지면

도리어 그 과도함으로 스러지는 법이라네.

『햄릿』 4막 7장

41.

사랑은 눈이 아니라 마음으로 보는 거야.

그래서 날개 달린 큐피드도 장님으로 그려지는 거지.

『한여름밤의 꿈』 1막 1장

42.

사랑은 무엇일까? 미래의 것은 아니야.

현재의 기쁨은 현재의 웃음을 낳지.

미래는 확실하지 않아.

머뭇거리며 시간을 흘려보내면 아무것도 얻을 수 없어.

그러니 다정한 젊은 그대여, 내게 와서 키스해줘요.

아름다운 젊음은 영원하지 않으니.

『십이야』 2막 3장

Date . .

43.

그렇다면 사랑은 운에 달린 것이지.

큐피드가 누군가는 화살로,

누군가는 덫으로 잡나봐.

『헛소동』 3막 1장

Date . .

44.

사랑은 연인들의 한숨에서 피어난 연기.

연기가 사라지고 나면

사랑은 연인들의 눈에 타오르는 불이 되지.

연인들의 눈물로 바다가 되지.

『로미오와 줄리엣』1막 1장

45.

당신은 생명을 위한 양식 같고,

대지를 적시는 단비 같아요.

당신에게서 평온을 얻으려 애쓰는 나는

돈을 지키려고 조바심치는 구두쇠 같아요.

가진 자로서 자랑스레 우쭐대다가도

도둑 같은 세상에 보물을 빼앗길까봐 불안해하죠.

오직 당신과 단둘이 있는 게 가장 행복하다가도

당신과 같이 있는 기쁨을 세상에 보여주고 싶기도 해요.

아쉬움 없이 당신을 마음껏 보고 나서도

이윽고 다시 보기를 간절히 원해요.

당신이 나에게 주었거나, 내가 당신한테서 느낀 기쁨 외에는

그 무엇도 소유하거나 추구하고 싶지 않아요.

그렇게 나는 내내 굶주리거나 폭식해요.

온종일 먹거나 전부 버리면서.

「소네트 75」

46.

별들이 반짝이는지 의심하고
해가 움직이는지 의심하고
진실이 거짓이 아닐까 의심하더라도
나의 사랑은 의심하지 마세요.

『햄릿』 2막 2장

Date .   .

47.

아, 사랑의 봄은 얼마나

변덕스러운 사월의 날씨를 닮았나.

지금은 아름답게 태양이 비치다가도

구름이 몰려와 이 아름다움을 덮어버릴 테지!

『베로나의 두 신사』 1막 3장

Date . .

48.

시간은 청춘에게 주었던 번성함을 없애고
그 아름다운 이마에 주름을 그어놓는다.
시간은 자연의 진귀한 진리를 먹고
시간의 낫을 견딜 수 있는 것은 없다.
그러나 내 시는 시간의 잔인한 손길에도 남아
그대를 찬양하리라.

「소네트 60」

49.

당신을 따라가겠어요.

그래서 사랑하는 사람의 손에 죽어

지옥을 천국으로 만들겠어요.

『한여름밤의 꿈』 2막 1장

50.

어떤 슬픔이 오더라도

그녀를 보는 그 짧은 순간의

기쁨을 이기지는 못합니다.

『로미오와 줄리엣』 2막 6장

LOVE LACKED A DWELLING, AND MADE HIM HER PLACE.

WILLIAM
SHAKES
PEARE

윌리엄 셰익스피어(William Shakespeare, 1564~1616)

1564년 영국 중부의 시골 마을 스트랫퍼드어폰에이번에서 여덟 남매 중 셋째로 태어났다. 어린 시절 학교에서 라틴어 문법과 수사학, 로마 고전 작가들의 작품을 공부했지만, 아버지의 사업을 돕기 위해 학업을 중단해 고등 교육은 받지 못했다. 18세에 앤 해서웨이와 결혼했다.

1586년경 고향을 떠나 런던에 정착해 배우 겸 작가로 극단 활동을 시작한다. 1590년경 『헨리 6세』를 집필하며 극작가로서 첫발을 내디뎠다. 초기 희곡은 대부분 희극과 역사극이었는데, 관객을 유치해야 한다는 경제적 압박을 받으며 여러 극단에서 기존의 작품을 각색하는 작업을 활발하게 했다.

작품 활동을 시작한 지 얼마 지나지 않은 1592년경 이미 천재 극작가로서 큰 명성과 인기를 얻었고 국왕극단의 전속 극작가로도 활동했다. 1600년에서 1606년 사이에 '셰익스피어 4대 비극'이라 불리는 『햄릿』『오셀로』『리어왕』『맥베스』가 차례로 저작되었다. 총 10편의 비극 작품 중 가장 훌륭한 4편으로, 극의 마지막이 죽음으로 끝난다는 공통점이 있다.

셰익스피어가 일생에 걸쳐 쓴 총 13편의 희극 작품 가운데 수작으로 꼽히는 '5대 희극'인 『한여름밤의 꿈』『베니스의 상인』『헛소동』『좋으실 대로』『십이야』는 1595년에서 1602년 사이에 차례로 쓰였다. 희극은 비극과 반대로, 극의 마지막에서 등장인물 모두가 화해하고 행복하게 끝난다는 특징이 있다.

셰익스피어는 역사극 · 희극 · 비극 등 희곡 작가로서 유명하지만 소네트 장르를 새로 개척했다는 평가를 받을 만큼 운문문학에도 뛰어났다. 그가 남긴 154편의 소네트는 14행의 정형시로, 대부분 사랑을 주제로 하며 젊은 청년(Fair Youth)과 검은 여인(Dark Lady)을 대상으로 쓰였다. 이 외에도 「비너스와 아도니스」「연인의 탄식」「열광적인 순례자」 등 운문 작품을 다수 남겼다.

　셰익스피어는 자신의 마지막 작품인 『템페스트』가 최초로 공연된 1611년경 고향으로 돌아가 1616년 52세를 일기로 생을 마감했다. 20여 년간 37편의 희곡과 다수의 시를 발표했으며, 그의 희곡은 오늘날까지도 큰 사랑을 받으며 세계 곳곳에서 가장 많이 공연되는 작품이 되었다.

I. Love lacked a dwelling, and made him her place.

—*A Lover's Complaint*

이 서사시는 사랑하는 연인의 배신에 슬퍼 우는 여인의
모습으로 시작된다. 여인이 그를 얼마나 사랑했는지 설명하는
첫 부분이다.

2. For you, in my respect are all the world./ Then how can it be said
I am alone/ When all the world is here to look on me?

—*A Midsummer Night's Dream*, Act II, scene i

헬레나가 짝사랑하는 데메트리우스가 숲속까지 따라온
그녀에게 숲은 위험하니 따라오지 말라고 하자 헬레나가 이와
같이 대답한다.

3. That which we call a rose/ By any other word would smell as sweet./ So Romeo would, were he not Romeo called,/ Retain that dear perfection which he owes/ Without that title. Romeo, doff thy name,/ And for that name, which is no part of thee/ Take all myself.

—*Romeo and Juliet*, Act II, scene ii

　　로미오에게 첫눈에 반한 줄리엣이 로미오가 듣는 줄 모르고 정원 발코니에서 하는 독백. 원수인 몬테키 가문의 이름을 원망한다.

4. Hot blood begets hot thoughts, and hot/ thoughts beget hot deeds, and hot deeds is love.

—*Troilus and Cressida*, Act III, scene i

　　트로이에 있는 파리스와 헬레네를 만난 판다로스가 사랑의 노래를 부르자 헬레네가 그 가사에 동의한다. 그리고 파리스가 사랑에 대한 자신의 생각을 덧붙인다.

5. The current that with gentle murmur glides,/ Thou knowest, being stopped, impatiently doth rage;/ But when his fair course is not hindered,/ He makes sweet music with the enamell'ed stones,/ Giving a gentle kiss to every sedge/ He overtaketh in his pilgrimage,/ And so by many winding nooks he strays/ With willing sport to the wild ocean.

—*The Two Gentlemen of Verona*, Act II, scene vii

줄리아의 연인 프로테우스는 견문을 넓히기 위해 베로나에서 밀라노로 떠난다. 그를 그리워하던 줄리아가 프로테우스를 찾으러 가겠다고 하자 하녀가 만류하고, 줄리아는 사랑하는 마음을 막으면 더욱 거세진다며 밀라노로 떠나겠다고 고집한다.

6. The lunatic, the lover, and the poet/ Are of imagination all compact.

—*A Midsummer Night's Dream*, Act V, scene i

사각관계에 놓인 헤르미아, 리산드로스, 데메트리우스, 헬레나. 이들은 엇갈린 사랑 때문에 숲속으로 도망친다. 숲속 요정들은 서로의 마음이 이어지도록 돕는데, 이 이야기를 듣고 신기하게 여기는 히폴리타에게 연인 테세우스가 말한다.

7. 'Love comforteth like sunshine after rain,/ But Lust's effect is tempest after sun;/ Love's gentle spring doth always fresh remain,/ Lust's winter comes ere summer half be done;/ Love surfeits not, Lust like a glutton dies;/ Love is all truth, Lust full of forged lies.

—*Venus and Adonis*

비너스는 아도니스가 사냥을 떠나면 죽을 것을 알고 이를 막기 위해 자신의 성적인 매력으로 유혹한다. 아도니스는 비너스의 방식이 잘못되었다며 사랑과 정욕에 대해 말한다.

8. Blessed are you whose worthiness gives scope,/ Being had, to triumph, being lacked, to hope.

—Sonnet 52

젊은 청년을 향한 사랑을 노래하는 소네트. 소중한 보물은 가끔 꺼내 보고 특별한 날은 드물게 큰 연회를 열어 축하하는 것처럼, 자주 만나지 못하지만 사랑하는 청년을 볼 때마다 느끼는 기쁨은 더욱 크다는 내용이다.

9. Prosperity's the very bond of love,/ Whose fresh complexion and whose heart together/ Affliction alters.

—*The Winter's Tale*, Act IV, scene iv

아내를 불신한 레온테스왕은 자신의 딸 페르디타를 버리고, 양치기로 길러진 페르디타는 자신의 원래 신분을 모른 채 보헤미아 왕자와 사랑에 빠진다. 이들의 관계를 알아챈 레온테스왕의 신하 카밀로가 두 사람의 미래를 걱정한다.

10. When, in disgrace with Fortune and men's eyes,/ I all alone beweep my outcast state,/ And trouble deaf heaven with my bootless cries,/ And look upon myself, and curse my fate,/ Wishing me like to one more rich in hope,/ Featured like him, like him with friends possessed,/ Desiring this man's art and that man's scope,/ With what I most enjoy contented least;/ Yet in these thoughts myself almost despising,/ Haply I think on thee, and then my state,/ Like to the lark at break of day arising/ From sullen earth, sings hymns at heaven's gate;/ For thy sweet love remembered such wealth brings/ That then I scorn to change my state with kings.

—**Sonnet 29**

시인은 비참하고 절망적인 상태에 빠져 자신의 운명을 한탄하지만 사랑하는 젊은 청년을 떠올리며 기쁨을 되찾는다. 다른 사람과 자신을 비교하며 우울해하던 화자는 청년의 사랑만 있으면 더 바랄 것이 없다고 말한다.

11. And yet, love knows, it is a greater grief/ To bear love's wrong than hate's known injury.

—Sonnet 40

좋은 가문에서 태어난 잘생긴 청년에게 보내는 연작시 중 하나. 사랑하는 사람을 빼앗긴 분노를 표출한다.

12. A murderous guilt shows not itself more soon/ Than love that would seem hid. love's night is noon.

—*Twelfth Night*, Act III, scene i

쌍둥이 남매인 비올라와 세바스티아노는 배를 타고 가다 난파당한다. 세바스티아노가 죽었다고 생각한 비올라는 남장을 하고 오르시노 공작의 몸종이 된다. 오르시노 공작은 비올라를 보내 아름답기로 유명한 올리비아에게 구혼하는데, 올리비아는 남장한 비올라에게 반해 이와 같이 말한다.

13. When he did frown, O, had she then gave over,/ Such nectar from his lips she had not sucked./ Foul words and frowns must not repel a lover;/ What though the rose have prickles, yet 'tis plucked:/ Were beauty under twenty locks kept fast,/ Yet love breaks through and picks them all at last.

—*Venus and Adonis*

　　비너스는 아도니스를 보고 첫눈에 반해 계속 구애하지만, 아도니스는 오직 사냥에만 관심이 있다. 온갖 달콤한 말과 육체적 쾌락에도 넘어가지 않던 아도니스는 비너스가 실신한 척하자 그녀를 구하러 다가간다. 비너스는 이를 기회 삼아 아도니스의 사랑을 쟁취한다.

14. For stony limits cannot hold love out,/ And what love can do, that dares love attempt.

—*Romeo and Juliet*, Act II, scene ii

　　줄리엣이 발코니에서 로미오에 대한 마음을 고백한다. 혼자만의 독백이라고 생각했지만 담장을 넘어 찾아온 로미오가 줄리엣에게 화답한다. 깜짝 놀란 줄리엣이 어떻게 찾아왔느냐 묻자 로미오가 자신의 마음을 고백한다.

15. As all impediments in fancy's course/ Are motives of more fancy.

—*All's Well That Ends Well*, Act V, scene iii

헬레나와 강제로 결혼하게 된 베르트랑은 결혼식 직후 작별인사도 제대로 나누지 않은 채 곧장 전쟁터로 향한다. 그후 베르트랑은 다이아나를 짝사랑하게 된다. 하지만 그녀가 거리를 두자 일부러 자기를 안달나게 했다고 생각해 장애물이 있어도 자신의 마음은 커질 것이라고 말한다.

16. As in the sweetest bud/ The eating canker dwells, so eating love/ Inhabits in the finest wits of all.

—*The Two Gentlemen of Verona*, Act I, scene i

베로나에 사는 발렌티노는 견문을 넓히기 위해 밀라노로 떠날 준비를 한다. 그러나 친구 프로테우스가 사랑에 빠져 베로나를 떠나지 않으려 하자 발렌티노는 이를 비난한다. 이에 대한 프로테우스의 대답이다.

17. When I have seen by Time's fell hand defaced/ The rich-proud cost of outworn buried age;/ When sometime lofty towers I see down-razed,/ And brass eternal slave to mortal rage;/ When I have seen the hungry ocean gain/ Advantage on the kingdom of the shore,/ And the firm soil win of the watery main,/ Increasing store with loss and loss with store;/ When I have seen such interchange of state,/ Or state itself confounded to decay;/ Ruin hath taught me thus to ruminate,/ That Time will come and take my love away./ This thought is as a death, which cannot choose/ But weep to have that which it fears to lose.

—**Sonnet 64**

젊은 청년을 향한 사랑에 대한 소네트. 젊은 청년에 관련한 셰익스피어의 소네트는 대부분 세월 앞에서도 변하지 않을 사랑의 영원성에 관한 것이지만, 이 소네트에서는 시간이 흐르며 사랑을 잃을까 두려워하는 모습이 두드러진다.

18. And all in war with Time for love of you,/ As he takes from you, I engraft you new.

—Sonnet 15

셰익스피어 소네트 1번부터 17번은 젊은 청년에게 자식을 낳아 그의 아름다움을 남기라고 권고하는 내용으로 구성되어 있다. 그러나 「소네트 15」는 시로서 그의 아름다움을 남기겠다는 내용으로, 사랑하는 사람이 시간이 흐르며 나이들고 죽더라도 시에 이 사랑을 새겨 영원히 간직하겠다고 노래한다.

19. I will live in thy heart, die in thy lap, and be buried in/ thy eyes.

—*Much Ado about Nothing*, Act V, scene ii

헤로는 결혼식 직전 부정한 여인이라는 억울한 누명을 쓰고 시름시름 앓는다. 헤로의 아버지는 시시비비를 가리기 위해 딸이 죽었다는 거짓 소문을 낸다. 이에 사촌 베아트리체가 연인 베네딕토에게 그녀를 찾아가자고 제안하자 베네딕토가 함께 가겠다며 사랑하는 마음을 표현한다.

20. These violent delights have violent ends/ And in their triumph die, like fire and powder,/ Which, as they kiss, consume. The sweetest honey/ Is loathsome in his own deliciousness/ And in the taste confounds the appetite./ Therefore love moderately. Long love doth so./ Too swift arrives as tardy as too slow.

—*Romeo and Juliet*, Act II, scene vi

줄리엣을 보자마자 사랑에 빠진 로미오가 하루도 지나지 않아 로렌초 신부를 찾아가 줄리엣과 결혼하겠다고 말한다. 급하고 충동적인 사랑에 휩싸인 로미오에게 로렌초 신부가 충고를 건넨다.

21. That better is by evil still made better;/ And ruined love, when it is built anew,/ Grows fairer than at first, more strong, far greater.

—Sonnet 119

시인이 젊은 청년에게 사과하는 구절로 시작된다. 용서를 구하며 더욱 견고한 사랑을 쌓아가자고 이야기한다.

22. All days are nights to see till I see thee,/ And nights bright days when dreams do show thee me.

—Sonnet 43

낮과 밤, 깨어남과 잠에 빗대어 사랑을 노래하는 소네트. 꿈에서라도 사랑하는 사람을 볼 수 있기를 바라는 마음이 담겨 있다.

23. The kiss shall be thine own as well as mine./ What seest thou in the ground? hold up thy head:/ Look in mine eye-balls, there thy beauty lies;/ Then why not lips on lips, since eyes in eyes?

—*Venus and Adonis*

사랑의 여신 비너스가 아도니스에게 반해 키스를 하고 싶어 건네는 말.

24. So quick bright things come to confusion.

—*A Midsummer Night's Dream*, Act I, scene i

헤르미아와 리산드로스는 연인 사이인데, 헤르미아의 아버지는 딸을 다른 남자와 결혼시키고 싶어한다. 이런 상황에서 리산드로스와 헤르미아가 사랑의 어려움에 대해 하는 말.

25. It is the star to every wandering bark,/ Whose worth's unknown, although his height be taken./ Love's not Time's fool, though rosy lips and cheeks/ Within his bending sickle's compass come:/ Love alters not with his brief hours and weeks,/ But bears it out even to the edge of doom./ If this be error and upon me proved,/ I never writ, nor no man ever loved.

—Sonnet 116

　　가장 사랑받는 셰익스피어 소네트 중 하나. 첫 구절에서 '진정한 마음으로 이뤄지는 결혼'을 언급하며, 소네트 전반에 걸쳐 사랑은 어떤 장애물도 넘을 수 있다고 일관되게 말한다.

26. Bearing thy heart, which I will keep so chary/ As tender nurse her babe from faring ill./ Presume not on thy heart when mine is slain;/ Thou gavest me thine, not to give back again.

—Sonnet 22

　　젊은 청년에게 바치는 소네트로, 건강한 사랑의 관계를 보여주는 내용이다. 하지만 마지막 구절 "내게 줄 때 다시 가져가지 않으려 했으니"에서 이 둘의 관계에 위기가 올 수 있음을 암시하고 있다.

27. Though for myself alone/ I would not be ambitious in my wish/ To wish myself much better, yet for you/ I would be trebled twenty times myself,/ A thousand times more fair, ten thousand times more rich.

—*The Merchant of Venice*, Act III, scene ii

포르치아는 부유한 상인이었던 아버지의 유언에 따라 구혼자들 중 수수께끼를 맞힌 사람과 결혼해야 했다. 결국 현명한 바사니오가 수수께끼를 맞혀 결혼하게 되었고, 포르치아가 그에 대한 사랑을 담아 말한다.

28. Sing, siren, for thyself and I will dote./ Spread o'er the silver waves thy golden hairs,/ And as a bed I'll take them and there lie,/ And in that glorious supposition think/ He gains by death that hath such means to die./ Let Love, being light, be drowned if she sink!

—*The Comedy of Errors*, Act III, scene ii

에페수스의 안티폴루스는 어릴 때 배가 난파당해 쌍둥이 동생과 헤어지게 된다. 성인이 된 그는 아드리아나와 결혼해 살고 있었는데, 쌍둥이 동생이 형을 찾으러 에페수스로 향한다. 그곳에서 동생 안티폴루스는 우연히 아드리아나의 여동생 루치아나를 보고 첫눈에 반해 구애한다.

29. Our separation so abides and flies/ That thou, residing here, goes yet with me,/ And I, hence fleeting, here remain with thee.

—*Antony and Cleopatra*, Act I, scene iii

로마의 명장 안토니우스는 이집트의 여왕 클레오파트라의 매력에 빠져 가정과 나라를 잊고 이집트에 머문다. 그러던 중 아내가 죽고 로마도 위험에 빠져 잠시 로마로 떠나게 되어 클레오파트라에게 작별의 인사를 건넨다.

30. O, how her eyes and tears did lend and borrow!/ Her eyes seen in the tears, tears in her eye;/ Both crystals, where they viewed each other's sorrow.

—*Venus and Adonis*

여신 비너스는 인간이기에 죽을 수밖에 없는 아도니스를 사랑한다. 어느 날 사냥을 떠나겠다는 아도니스를 두고 비너스는 죽음의 징조를 본다. 사랑하는 이를 말려보지만 아도니스는 결국 떠나고, 이에 슬픔에 잠긴 비너스가 하는 혼잣말.

31. Then your hose should/ be ungartered, your bonnet unband-ed, your sleeve/ unbuttoned, your shoe untied, and everything about you demonstrating a careless desolation. But/ you are no such man. you are rather point – device in/ your accouterments, as loving yourself than seeming/ the lover of any other.

—*As You Like It*, Act III, scene ii

로절린드는 격투를 하는 오를랑도를 보고 반하고, 오를랑도 역시 로절린드를 사랑하게 된다. 하지만 로절린드는 공국에서 추방당하고, 오를랑도 역시 형의 암살 시도 때문에 몸을 피하며 둘은 엇갈린다. 남장하여 지내는 로절린드가 우연히 오를랑도를 만나 사랑이라는 감정에 대해 가르쳐주는 대목이다.

32. He jests at scars that never felt a wound.

—*Romeo and Juliet*, Act II, scene ii

카풀레티가의 연회가 끝난 뒤 벤볼리오와 메르쿠치오가 어둠 속에서 로미오를 찾아다니는 중, 사랑에 빠진 로미오를 조롱한다. 이를 듣고 로미오는 사랑의 고통을 경험해본 사람만이 그 괴로움을 안다고 말한다.

33. The strongest oaths are straw/ To the fire in the blood.

—*The Tempest*, Act IV, scene i

마법사 프로스페로와 그의 딸 미란다는 자신의 동생 안토니오에 의해 추방당해 한 섬에 정착한다. 12년의 세월이 지난 어느 날, 그간 강력한 마법을 익힌 프로스페로는 안토니오와 알론소 일행이 탄 배를 발견하고 난파시킨다. 프로스페로는 영문도 모르고 미란다와 사랑에 빠진 알론소의 아들 페르디난도에게 사랑에 너무 깊이 빠지면 안 된다고 경고한다.

34. It shall suspect where is no cause of fear;/ It shall not fear where it should most mistrust;/ It shall be merciful and too severe,/ And most deceiving when it seems most just;/ Perverse it shall be where it shows most toward,/ Put fear to valour, courage to the coward.

—*Venus and Adonis*

연인 아도니스가 죽은 뒤 비너스는 애통해하며 앞으로는 사랑에 슬픔이 따를 것이라고 예언한다. 그중 사랑하며 느끼는 불안과 의심에 대한 대목이다.

35. Love's not love/ When it is mingled with regards that stands/ Aloof from the entire point.

—*King Lear*, Act I, scene i

　　리어왕은 세 딸에게 자신을 향한 효심을 고백해보라는 과제를 주고 유산을 분배하려 한다. 이때 막내딸 코델리아는 언니들과 달리 아버지에게 아첨하지 않아 재산을 받지 못한다. 그녀의 강직한 성품에 반한 프랑스 왕은 코델리아와 결혼하고 싶어하는데, 지참금 없이는 결혼할 수 없다고 말하는 브루고뉴 공작에게 이렇게 충고한다.

36. So true love should do. It cannot speak;/ For truth hath better deeds than words to grace it.

—*The Two Gentlemen of Verona*, Act II, scene ii

　　프로테우스가 견문을 넓히러 여행을 떠나며 자신의 사랑은 변하지 않을 것이라고 연인 줄리아에게 인사를 건넨다. 줄리아는 말없이 나가버리고, 이에 프로테우스가 말한다.

37. Love's eye is not so true as all men's: no/ How can it? O, how can Love's eye be true,/ That is so vexed with watching and with tears?

—Sonnet 148

검은 여인에 대한 소네트. 그녀에 대한 사랑과 집착으로 시인이 제대로 된 판단을 내리지 못하고 있음을 노래한다.

38. When my love swears that she is made of truth,/ I do believe her, though I know she lies,/ That she might think me some untutored youth,/ Unlearned in the world's false subtleties.

—Sonnet 138

사랑은 서로의 진실을 감추며 지켜지는 거짓말이라는 내용을 담고 있다. 사랑하는 사람들이 서로 듣고 싶어하지 않는 말은 하지 않고, 서로 속아주길 바라는 말은 믿는 모습을 노래한다.

39. Love is like a child,/ That longs for everything that he can come by.

—*The Two Gentlemen of Verona*, Act III, scene i

친구 프로테우스가 사랑에 빠져 베로나를 떠나지 않으려 한 것을 비웃었던 발렌티노는 밀라노에 도착한 후 공작의 딸에게 반한다. 그녀의 마음을 얻기 위해 공작에게 조언을 구한다.

40. But that I know love is begun by time,/ And that I see, in passages of proof,/ Time qualifies the spark and fire of it./ There lives within the very flame of love/ A kind of wick or snuff that will abate it./ And nothing is at a like goodness still./ For goodness, growing to a pleurisy,/ Dies in his own too-much.

—*Hamlet*, Act IV, scene vii

오필리아의 오빠 레테스는 햄릿 때문에 아버지가 죽었다며 그에게 복수하고자 클라우디우스왕을 찾아간다. 그러자 왕이 레테스에게 부친에 대한 그의 사랑을 익히 알고 있다며, 복수를 독촉한다.

41. Love looks not with the eyes but with the mind./ And therefore is winged Cupid painted blind.

—*A Midsummer Night's Dream*, Act I, scene i

헬레나는 자신이 사랑하는 데메트리우스가 자신의 친구 헤르미아를 사랑하는 현실을 한탄한다. 때로 사랑이 올바른 선택을 방해하기도 한다며 혼잣말하는 장면.

42. What is love? 'Tis not hereafter./ Present mirth hath present laughter./ What's to come is still unsure./ In delay there lies no plenty./ Then come kiss me, sweet and twenty./ Youth's a stuff will not endure.

—*Twelfth Night*, Act II, scene iii

토비 벨치 경과 앤드류 경은 올리비아의 집에서 늦게 일어나 식사하며 술을 마시고, 모두가 큰 소리로 노래를 부른다. 그중 광대가 부르는 사랑의 노래이다.

43. If it proves so, then loving goes by haps;/ Some Cupid kills with arrows, some with traps.

—*Much Ado about Nothing*, Act III, scene i

베아트리체와 베네딕토를 이어주기 위해 헤로는 하녀 우르술라와 계획을 짠다. 자신들의 덫에 걸려들었다고 우르술라가 확신하자 베아트리체가 이렇게 속삭인다.

44. Love is a smoke raised with the fume of sighs;/ Being purged, a fire sparkling in lovers' eyes; / Being vexed, a sea nourished with loving tears.

—*Romeo and Juliet*, Act I, scene i

로미오는 줄리엣을 만나기 전 짝사랑하던 사람이 있었는데, 사촌 벤볼리오에게 그녀가 자신을 사랑하지 않는다며 고통스러운 마음을 털어놓는다. 벤볼리오는 사랑이 달콤한 것인 줄 알았지만 실제로 겪으면 다른 모양이라며 위로한다. 이에 로미오가 사랑에 대해 이야기한다.

45. So are you to my thoughts as food to life,/ Or as sweet-seasoned showers are to the ground;/ And for the peace of you I hold such strife/ As 'twixt a miser and his wealth is found;/ Now proud as an enjoyer, and anon/ Doubting the filching age will steal his treasure;/ Now counting best to be with you alone,/ Then bettered that the world may see my pleasure;/ Sometime all full with feasting on your sight,/ And by and by clean starved for a look;/ Possessing or pursuing no delight,/ Save what is had or must from you be took./ Thus do I pine and surfeit day by day,/ Or gluttoning on all, or all away.

—**Sonnet 75**

젊은 청년에게 보내는 소네트로, 청년의 사랑에 갈증을 느꼈다가 충족을 느끼는 혼란스러운 감정을 가감 없이 보인다.

46. Doubt thou the stars are fire,/ Doubt that the sun doth move,/ Doubt truth to be a liar,/ But never doubt I love.

—*Hamlet*, Act II, scene ii

　　햄릿이 제정신이 아닌 듯한 행동을 하고, 폴로니우스는 이것이 오펠리아에 대한 구애가 실패했기 때문이라고 생각한다. 이전에 햄릿이 오펠리아에게 보냈던 사랑의 편지를 그녀의 아버지 폴로니우스가 왕과 왕비 앞에서 읽는다.

47. O, how this spring of love resembleth/ The uncertain glory of an April day,/ Which now shows all the beauty of the sun,/ And by and by a cloud takes all away!

—*The Two Gentlemen of Verona*, Act I, scene iii

　　프로테우스는 사랑하는 연인 줄리아를 두고 떠날 마음의 준비가 되어 있지 않다. 그러나 아버지는 프로테우스를 더 넓은 세상으로 보내 경험을 쌓게 하려 하고, 줄리아의 마음을 확인한 프로테우스는 더욱 격렬히 저항한다.

48. Time doth transfix the flourish set on youth/ And delves the parallels in beauty's brow,/ Feeds on the rarities of nature's truth,/ And nothing stands but for his scythe to mow:/ And yet to times in hope my verse shall stand,/ Praising thy worth, despite his cruel hand.

—Sonnet 60

시간의 흐름에 대항하는 사랑을 노래한 시. 시간의 낫에 베이지 않는 것은 없지만, 사랑하는 사람의 아름다움은 시로 길이 남기겠다는 의지가 반영되어 있다.

49. I'll follow thee and make a heaven of hell,/ To die upon the hand I love so well.

—*A Midsummer Night's Dream*, Act II, scene i

헤르미아에게는 연인 리산드로스가 있는데 그녀의 아버지는 명문가의 청년 데메트리우스와의 결혼을 강요한다. 두 연인은 아테네에서 도망가 결혼하기로 하고, 헤르미아는 이 계획을 친구 헬레나에게 알려 한때 그녀의 연인이었던 데메트리우스의 마음을 돌려보라고 한다. 그러나 헬레나는 데메트리우스의 호감을 사기 위해 이 계획을 알리고, 헤르미아를 따라 숲으로 쫓아가려는 데메트리우스를 따라가겠다고 말한다.

50. But come what sorrow can,/ It cannot countervail the exchange of joy/ That one short minute gives me in her sight.

—*Romeo and Juliet*, Act II, scene vi

첫눈에 반한 로미오와 줄리엣은 로렌초 신부 앞에서 둘만의 결혼식을 올리기로 하고, 로미오는 로렌초 신부와 함께 그녀를 기다린다. 로렌초 신부가 둘의 앞날에 슬픔이 없기를 바란다고 말하자 로미오가 자신의 마음을 다시 한번 고백한다.

✦ 수록 작품

I. 희극

1. 실수 연발 *The Comedy of Errors*

2. 베로나의 두 신사 *The Two Gentlemen of Verona*

3. 한여름밤의 꿈 *A Midsummer Night's Dream*

4. 베니스의 상인 *The Merchant of Venice*

5. 헛소동 *Much Ado about Nothing*

6. 좋으실 대로 *As You Like It*

7. 십이야 *Twelfth Night*

8. 안토니우스와 클레오파트라 *Antony and Cleopatra*

9. 겨울 이야기 *The Winter's Tale*

10. 템페스트 *The Tempest*

II. 비극

1. 로미오와 줄리엣 *Romeo and Juliet*

2. 햄릿 *Hamlet*

3. 트로일로스와 크레시다 *Troilus and Cressida*

4. 끝이 좋으면 다 좋아 *All's Well That Ends Well*

5. 리어왕 *King Lear*

III. 서사시

비너스와 아도니스 *Venus and Adonis*

IV. 소네트

15, 22, 29, 40, 43, 52, 60, 64, 75, 116, 119, 138, 148

V. 기타 시

연인의 탄식 *A Lover's Complaint*

엮은이 **박성환**

경희대학교 영어영문학과와 동 대학원을 졸업했다. 부산외국어대학교 명예교수로
있다. 수년간 셰익스피어를 강의하고 연구했고, 셰익스피어의 명문장을 가려 뽑아
『셰익스피어의 위대한 문장들』을 출간했다. 이에 더해 원문과 우리말로 읽으면 좋을
셰익스피어의 명문장을 주제별로 엮어 필사책으로 펴냈다.

셰익스피어 필사 노트
영원과 사랑의 문장들

초판 인쇄 2024년 12월 2일
초판 발행 2024년 12월 20일

엮은이 박성환 | 책임편집 백지선 | 편집 고선향 김혜정
디자인 김문비 | 저작권 박지영 형소진 최은진 오서영
마케팅 정민호 서지화 한민아 이민경 왕지경 정유진 정경주 김수인 김혜원 김예진
브랜딩 함유지 함근아 박민재 김희숙 이송이 김하연 박다솔 조다현 배진성
제작 강신은 김동욱 이순호 | 제작처 상지사

펴낸곳 (주)문학동네 | 펴낸이 김소영
출판등록 1993년 10월 22일 제2003-000045호
주소 10881 경기도 파주시 회동길 210
전자우편 editor@munhak.com | 대표전화 031)955-8888 | 팩스 031)955-8855
문의전화 031)955-1927(마케팅) 031)955-2684(편집)
문학동네카페 http://cafe.naver.com/mhdn
인스타그램 @munhakdongne | 트위터 @munhakdongne
북클럽문학동네 http://bookclubmunhak.com

ISBN 979-11-416-0859-0 03800

www.munhak.com